Αντίθετες Δυνάμεις

Αντίθετες Δυνάμεις

Αλντιβάν Τόρες

CONTENTS

# 1

Αντίθετες Δυνάμεις
Αλντιβάν Τόρες
Αντίθετες Δυνάμεις

Συγγραφέας: Αλντιβάν Τόρες
©2019- Αλντιβάν Τόρες
Ηλεκτρονικό ταχυδρομείο: aldivanvid@hotmail.com
σειρά μάντη: πρώτος τόμος
Με επιφύλαξη παντός δικαιώματος

Αυτό το βιβλίο, συμπεριλαμβανομένων όλων των μερών του, προστατεύεται από πνευματικά δικαιώματα και δεν μπορεί να αναπαραχθεί, να μεταπωληθεί ή να μεταβιβαστεί χωρίς την άδεια του συγγραφέα.

Σύντομη Βιογραφία: Ο Αλντιβάν Τόρες-Ο Μάντης, είναι ένας συγγραφέας με μεγάλη εμπειρία σε διάφορα είδη. Μέχρι στιγμής, έχει εκδώσει τίτλους σε δεκάδες γλώσσες. Από νεαρή ηλικία, ήταν πάντα λάτρης της τέχνης της γραφής, έχοντας εδραιώσει μια επαγγελματική καριέρα από το δεύτερο εξάμηνο του 2013. Ελπίζει με τα γραπτά του να συμβάλει στον διεθνή πολιτισμό, ξυπνώντας την ευχαρίστηση της ανάγνωσης σε όσους δεν έχουν αυτή τη συνήθεια. Η αποστολή σας είναι να κατακτήσετε την καρδιά κάθε αναγνώστη σας. Εκτός από τη λογοτεχνία, οι κύριες ασχολίες του είναι η μουσική, τα ταξίδια, οι φίλοι, η οικογένεια και η ευχαρίστηση της ίδιας της ζωής. «Για τη λογοτεχνία, την ισότητα, την αδελφοσύνη, τη δικαιοσύνη, την αξιοπρέπεια και την τιμή του ανθρώπου πάντα» είναι το σύνθημά του.

«Αφιέρωση»

«Πρώτα, στον Θεό, τον δημιουργό για τον οποίο ζουν τα πάντα· στους δασκάλους της ζωής που πάντα με καθοδηγούσαν· στους συγγενείς μου, αν και δεν με ενθάρρυναν· σε όλους εκείνους που δεν έχουν ακόμη καταφέρει να επανενώσουν τις «αντιτιθέμενες δυνάμεις» στη ζωή τους».

«Η Βασιλεία των Ουρανών είναι σαν έναν άνθρωπο που έσπειρε καλό σπόρο στο χωράφι. Μια νύχτα, ενώ όλοι κοιμόντουσαν, ήρθε ο εχθρός του και έσπειρε ζιζάνια ανάμεσα στο σιτάρι και έφυγε τρέχοντας. Όταν το σιτάρι μεγάλωσε και άρχισαν να σχηματίζονται τα στάχυα, τότε εμφανίστηκε και το ζιζάνιο. Οι υπάλληλοι έψαχναν τον ιδιοκτήτη και του είπαν: «Κύριε, δεν έσπρεις καλό σπόρο στο χωράφι σου; Από πού προήλθε λοιπόν το ζιζάνιο;» Ο ιδιοκτήτης απάντησε: «Ένας εχθρός το έκανε αυτό». Οι υπάλληλοι ρώτησαν: «Να ξεριζώσουμε το ζιζάνιο;» Ο ιδιοκτήτης απάντησε: «Όχι. Μπορεί, ξεριζώνοντας το ζιζάνιο, να πάρετε και το σιτάρι». Αφήστε το να μεγαλώνει μαζί μέχρι τον θερισμό. Και κατά τον καιρό του θερισμού, θα πω στους σπορείς: Ξεκινήστε πρώτα από τα ζιζάνια και δέστε τα σε δεμάτια για να καούν. Έπειτα, συνάξτε το σιτάρι στην αποθήκη μου.» Ματθαίος 13:24»30.

Εισαγωγή

Το «Αντικρουόμενες Δυνάμεις» παρουσιάζεται ως μια εναλλακτική πρόταση για την υπέρβαση της μεγάλης δυαδικότητας που υπάρχει μέσα σε καθέναν από εμάς. Πόσες φορές στη ζωή μας δεν ερχόμαστε αντιμέτωποι με καταστάσεις όπου και οι δύο επιλογές έχουν πλεονεκτήματα και μειονεκτήματα, μετατρέποντας την πράξη της απόφασης σε αληθινό μαρτύριο; Πρέπει να μάθουμε να στοχαζόμαστε και να σκεφτόμαστε βαθιά για το ποιο είναι το αληθινό μονοπάτι που πρέπει να ακολουθήσουμε και τις συνέπειες που αυτό φέρει. Τελικά, είναι ανάγκη να συγχωνεύσουμε τις «αντικρουόμενες δυνάμεις» της ζωής μας και να τις κάνουμε να καρποφορήσουν. Έτσι, μπορούμε να κατακτήσουμε την πολυπόθητη ευτυχία.

Ως προς την πηγή αυτού του βιβλίου, μπορώ να πω πως γεννήθηκε από μια κραυγή που άκουσα μέσα στο σπήλαιο της απελπισίας. Αυτή η κραυγή ήταν η αιτία όλων των περιπετειών που διηγούμαι στις σελίδες αυτές. Αποστολή εξετελέσθη· ελπίζω να πέτυχα τον στόχο μου: να κάνω έστω και έναν άνθρωπο να ονειρευτεί. Αυτό προτείνω ακόμη περισσότερο τώρα που ζούμε σε έναν κόσμο γεμάτο βία, σκληρότητα και αδικία. Οι «αντικρουόμενες δυνάμεις» δεν θα είναι ποτέ ξανά οι ίδιες μετά τη δημοσίευση αυτού του έργου και ανυπομονώ να ξεκινήσω μια νέα περιπέτεια μαζί με τους αναγνώστες που επιθυμούν το ίδιο.

— Ο Συγγραφέας

«Αφιέρωση»

Εισαγωγή

Νέα Εποχή

Προετοιμασίες

Το Ιερό Βουνό

Η Καλύβα

Η Πρώτη Δοκιμασία

Η Δεύτερη Δοκιμασία

Το Φάντασμα του Βουνού

Η Καθοριστική Ημέρα

Το Κορίτσι

Ο Σεισμός

Μία Μέρα Πριν την Τρίτη Δοκιμασία

Η Τρίτη Δοκιμασία
Το Σπήλαιο της Απελπισίας
Το Θαύμα

Νέα Εποχή

Μετά από μια αποτυχημένη απόπειρα έκδοσης βιβλίου, νιώθω τη δύναμή μου να επιστρέφει, να ενισχύεται. Πιστεύω στο ταλέντο μου και έχω πίστη πως θα πραγματοποιήσω τα όνειρά μου. Έμαθα πως όλα γίνονται στον χρόνο τους και θεωρώ τον εαυτό μου πλέον αρκετά ώριμο για να επιτύχει τους στόχους του. Πάντοτε να θυμάστε: όταν θέλουμε κάτι πραγματικά, το σύμπαν συνωμοτεί για να το πετύχουμε. Έτσι αισθάνομαι: αναγεννημένος με δύναμη.

Αναπολώντας τα παλαιότερα αναγνώσματα, σκέφτομαι τα έργα που διάβασα πριν πολύ καιρό και που σίγουρα εμπλούτισαν τον πολιτισμό και τις γνώσεις μου. Τα βιβλία μάς ταξιδεύουν σε ατμόσφαιρες και σύμπαντα άγνωστα. Νιώθω την ανάγκη να συμμετάσχω σε αυτή τη μεγάλη ιστορία — την ιστορία της λογοτεχνίας. Δεν έχει σημασία αν μείνω ανώνυμος ή γίνω διάσημος συγγραφέας αναγνωρισμένος παγκοσμίως. Σημασία έχει η συμβολή του καθενός σε αυτό το τεράστιο σύμπαν.

Είμαι ευτυχισμένος για αυτή τη νέα στάση ζωής και ετοιμάζομαι για ένα μεγάλο ταξίδι. Αυτό το ταξίδι θα αλλάξει τη μοίρα μου και επίσης τις μοίρες όσων υπομονετικά διαβάσουν αυτό το βιβλίο. Ελάτε να ζήσουμε μαζί αυτήν την περιπέτεια.

Προετοιμασίες

Ετοιμάζω τη βαλίτσα μου με τα προσωπικά μου αντικείμενα υψίστης σημασίας: μερικά ρούχα, καλά βιβλία, τον αχώριστο μου σταυρό και τη Βίβλο μου, καθώς και μερικά φύλλα χαρτί για να γράψω. Αισθάνομαι πως θα αντλήσω τεράστια έμπνευση από αυτό το ταξίδι. Ποιος ξέρει; Ίσως γίνω ο συγγραφέας μιας αξέχαστης ιστορίας που θα μείνει στην ιστορία. Πριν φύγω, ωστόσο, πρέπει να αποχαιρετήσω όλους, ιδιαίτερα τη μητέρα μου. Είναι υπερπροστατευτική και δεν θα με αφήσει να φύγω χωρίς σοβαρό λόγο ή έστω μια υπόσχεση πως θα επιστρέψω σύντομα.

Νιώθω πως, αργά ή γρήγορα, θα πρέπει να βγάλω μια κραυγή ελευθερίας και να πετάξω σαν πουλί που απέκτησε τα φτερά του... και εκείνη θα πρέπει να το καταλάβει. Δεν ανήκω σ' αυτήν, αλλά στο σύμπαν, που με αγκάλιασε δίχως αντάλλαγμα. Για το σύμπαν αποφάσισα να γίνω συγγραφέας, να επιτελέσω τον ρόλο μου και να καλλιεργήσω το ταλέντο μου. Όταν φτάσω στο τέλος του δρόμου και έχω κάνει κάτι σπουδαίο, θα είμαι έτοιμος να έρθω σε κοινωνία με τον Δημιουργό και να μάθω το νέο Του σχέδιο. Είμαι βέβαιος πως θα έχω κι εκεί έναν ιδιαίτερο ρόλο.

Αρπάζω τη βαλίτσα μου και νιώθω την αγωνία να φουσκώνει μέσα μου. Ερωτήματα κατακλύζουν το μυαλό μου και με αναστατώνουν: Πώς θα είναι αυτό το ταξίδι; Θα είναι επικίνδυνο το άγνωστο; Ποια προφυλάξεις πρέπει να πάρω; Το μόνο που γνωρίζω είναι πως αυτό το ταξίδι θα είναι κρίσιμο για την καριέρα μου και είμαι πρόθυμος να το διανύσω.

Ξαναπιάνω τη βαλίτσα και, πριν φύγω, ψάχνω την οικογένειά μου για να πω αντίο. Η μητέρα μου είναι στην κουζίνα, ετοιμάζει το μεσημεριανό μαζί με την αδερφή μου. Πλησιάζω και θίγω το κρίσιμο θέμα:

— Βλέπετε αυτή τη βαλίτσα; Θα είναι η μόνη μου συνοδοιπόρος (εκτός από εσάς, αγαπητοί αναγνώστες) σε ένα ταξίδι που ετοιμάζομαι να κάνω. Αναζητώ σοφία, γνώση και την απόλαυση του επαγγέλματός μου. Ελπίζω να καταλάβετε και να εγκρίνετε την απόφασή μου. Ελάτε, δώστε μου μια αγκαλιά και τις ευχές σας.

— Παιδί μου, ξέχασε τα όνειρά σου, γιατί είναι αδύνατα για φτωχούς σαν εμάς. Σου το έχω πει χίλιες φορές: Δεν θα γίνεις είδωλο ή κάτι παρόμοιο. Κατάλαβέ το: Δεν γεννήθηκες για μεγάλα πράγματα, είπε η μητέρα μου, η Ιουλιέτα.

— Άκου τη μητέρα μας. Ξέρει τι λέει και έχει απόλυτο δίκιο. Το όνειρό σου είναι αδύνατο, γιατί δεν έχεις ταλέντο. Αποδέξου πως η αποστολή σου είναι να γίνεις ένας απλός καθηγητής μαθηματικών. Δεν θα πας πέρα από αυτό, είπε η αδερφή μου, η Ντάλβα.

— Δηλαδή, ούτε μια αγκαλιά; Γιατί δεν πιστεύετε ότι μπορώ να πετύχω; Σας εγγυώμαι: ακόμα κι αν πληρώσω για να πραγματοποιήσω το όνειρό μου, θα τα καταφέρω, γιατί μεγάλος είναι αυτός που πιστεύει στον εαυτό του. Θα κάνω αυτό το ταξίδι και θα ανακαλύψω όσα πρέπει να αποκαλυφθούν. Και πάνω απ' όλα, θα είμαι ευτυχισμένος, γιατί ευτυχία είναι να ακολουθείς το μονοπάτι που ο Θεός φωτίζει γύρω μας για να γίνουμε νικητές.

Αφού τα είπα αυτά, βάδισα προς την πόρτα, με τη βεβαιότητα ότι θα είμαι νικητής σε αυτό το ταξίδι που θα με οδηγήσει σε άγνωστους προορισμούς.

Το Ιερό Βουνό

Παλαιότερα, είχα ακούσει να μιλούν για ένα εξαιρετικά αφιλόξενο βουνό κοντά στην Πεσκέιρα. Ανήκει στην οροσειρά Ορορουμπά — ένα ιερό όνομα των ιθαγενών — και κατοικείται από τον λαό των Ξουκουρού. Λέγεται ότι το βουνό έγινε ιερό μετά τον θάνατο ενός μυστηριώδους σαμάνου μιας από τις φυλές των Ξουκουρού. Το βουνό λένε πως μπορεί να κάνει κάθε ευχή πραγματικότητα, αρκεί η πρόθεση να είναι καθαρή και ειλικρινής. Αυτός είναι ο τόπος από όπου αρχίζει το ταξίδι μου, με σκοπό να κάνω το αδύνατο δυνατό. Το πιστεύετε, αγαπητοί αναγνώστες; Τότε μείνετε μαζί μου και προσέξτε καλά την αφήγηση.

Ακολουθώντας τον αυτοκινητόδρομο BR-232 και φτάνοντας στον δήμο της Πεσκέιρα, περίπου δεκαπέντε χιλιόμετρα από το κέντρο, βρίσκεται το Μιμόσο, μια από τις συνοικίες του. Μια σύγχρονη γέφυρα, χτισμένη πρόσφατα, οδηγεί σε έναν τόπο ανάμεσα στα βουνά του Μιμόσο και του Ορορουμπά, με τον ποταμό Μιμόσο να κυλάει στο βάθος της κοιλάδας. Το ιερό βουνό βρίσκεται ακριβώς εκεί, και προς τα εκεί κατευθύνομαι.

Μπροστά του, ο νους μου ταξιδεύει σε άγνωστα σύμπαντα και μακρινούς χρόνους, φανταζόμενος καταστάσεις και φαινόμενα πρωτόγνωρα. Τι με περιμένει στην ανάβαση αυτού του βουνού; Αναμφίβολα εμπειρίες που θα με ανανεώσουν και θα με εμπνεύσουν. Το βουνό δεν είναι ιδιαίτερα ψηλό — φτάνει τα 700 μέτρα — όμως με κάθε βήμα, νιώθω πιο αποφασισμένος και ταυτόχρονα πιο ανυπόμονος.

Οι μνήμες της ζωής μου, αυτών των είκοσι έξι ετών, με κατακλύζουν. Σε αυτό το σύντομο διάστημα, συνέβησαν πολλά που με έκαναν να πιστέψω πως ήμουν ξεχωριστός. Ίσως μοιραστώ κάποιες από αυτές τις ιστορίες μαζί σας, αγαπητοί αναγνώστες. Μα όχι τώρα. Τώρα συνεχίζω το μονοπάτι προς την κορυφή, αναζητώντας όλα μου τα όνειρα.

Η ανάβαση είναι εξαντλητική, όχι τόσο σωματικά, αλλά πνευματικά, γιατί περίεργες φωνές με καλούν να επιστρέψω. Όμως δεν τα παρατώ εύκολα. Θέλω να φτάσω στην κορυφή, πάση θυσία. Το βουνό αναπνέει για μένα, με αέρα ανανέωσης που χαρίζεται μόνο σε όσους πιστεύουν στην ιερότητά του.

Η Καλύβα

Ένα νέο ξημέρωμα ξεπροβάλλει. Τα πουλιά κελαηδούν μελωδίες, ο άνεμος φυσά από βορειοανατολικά και η αύρα του δροσίζει τον ήλιο που ανατέλλει με θέρμη αυτή την εποχή του χρόνου. Είναι Δεκέμβριος, και για μένα, αυτός ο μήνας είναι από τους ωραιότερους, γιατί σηματοδοτεί την αρχή των σχολικών διακοπών. Ένα καλά κερδισμένο διάλειμμα ύστερα από έναν μακρύ χρόνο σπουδών στο πανεπιστήμιο, στο Τμήμα Μαθηματικών. Η στιγμή που μπορείς να ξεχάσεις ολοκληρώματα, παραγώγους και πολικές συντεταγμένες. Τώρα πρέπει να ανησυχώ μόνο για τις προκλήσεις που η ζωή θα μου ρίξει στο δρόμο. Από αυτές εξαρτώνται τα όνειρά μου.

Η πλάτη μου πονά από τον κακό ύπνο στο σκληρό έδαφος, το οποίο ετοίμασα πρόχειρα για κρεβάτι. Η καλύβα που έχτισα με κόπο και η φωτιά που άναψα μου έδωσαν λίγη ασφάλεια τη νύχτα. Κι όμως, άκουσα ουρλιαχτά και βήματα απ' έξω. Πού με έχουν οδηγήσει τα όνειρά μου; Η απάντηση: Στο τέλος του κόσμου, εκεί που ο πολιτισμός δεν έχει ακόμη φτάσει. Εσύ, αγαπητέ αναγνώστη, τι θα έκανες; Θα ρίσκαρες ένα ταξίδι για να κάνεις πραγματικότητα τα βαθύτερα όνειρά σου;

Καθώς περιπλανιόμουν στις σκέψεις και τις αμφιβολίες μου, συνειδητοποιώ ξαφνικά πως δίπλα μου στεκόταν η παράξενη κυρία που μου είχε υποσχεθεί βοήθεια.

— Κοιμήθηκες καλά;

— Αν καλά σημαίνει ότι ξύπνησα αρτιμελής, τότε ναι.

— Πριν από όλα, πρέπει να σου πω ότι το έδαφος που πατάς είναι ιερό. Μην σε παρασύρουν οι εμφανίσεις ούτε η παρορμητικότητα. Σήμερα είναι η πρώτη σου δοκιμασία. Δεν θα σου φέρω άλλο φαγητό ή νερό. Θα τα βρεις μόνος σου. Ακολούθησε την καρδιά σου σε κάθε περίπτωση. Πρέπει να αποδείξεις ότι είσαι άξιος.

— Υπάρχουν φαγητό και νερό σε αυτή τη βλάστηση, και εγώ πρέπει να τα βρω; Κοιτάξτε, κυρία, έχω συνηθίσει να ψωνίζω στο σούπερ μάρκετ. Βλέπετε αυτή την καλύβα; Μου κόστισε ιδρώτα και δάκρυα και ακόμη δεν νιώθω ασφαλής. Γιατί δεν μου δίνετε το δώρο που χρειάζομαι; Νομίζω πως απέδειξα την αξία μου όταν ανέβηκα αυτό το απότομο βουνό.

— Αναζήτησε τροφή και νερό. Το βουνό είναι απλώς ένα βήμα στη διαδικασία της πνευματικής σου εξέλιξης. Ακόμη δεν είσαι έτοιμος. Θυμήσου: δεν προσφέρω δώρα. Δεν έχω αυτήν την εξουσία. Είμαι μόνο το βέλος που δείχνει τον δρόμο. Το σπήλαιο είναι εκείνο που πραγματοποιεί τις επιθυμίες. Λέγεται «το Σπήλαιο της Απελπισίας», αναζητημένο από όσους τα όνειρά τους φάνηκαν αδύνατα.

— Θα προσπαθήσω. Δεν έχω τίποτα άλλο να χάσω. Το σπήλαιο είναι η τελευταία μου ελπίδα.

Λέγοντας αυτά, σηκώθηκα και ξεκίνησα για την πρώτη δοκιμασία. Η γυναίκα εξαφανίστηκε σαν καπνός.

Η Πρώτη Δοκιμασία

Με μια πρώτη ματιά, βλέπω ένα πατημένο μονοπάτι μπροστά μου. Ξεκινώ να το διασχίζω. Μέσα σε θάμνους γεμάτους αγκάθια, το καλύτερο είναι να ακολουθήσεις την τροχισμένη διαδρομή. Οι πέτρες που απομακρύνω με τα βήματά μου μοιάζουν να μου ψιθυρίζουν κάτι. Άραγε, βρίσκομαι στον σωστό δρόμο;

Σκέφτομαι όλα όσα άφησα πίσω αναζητώντας το όνειρό μου: σπίτι, φαγητό, καθαρά ρούχα και τα μαθηματικά μου βιβλία. Άξιζε τελικά; Θα το μάθω. Ο χρόνος θα δείξει. Η παράξενη γυναίκα δεν μου τα είχε πει όλα. Όσο περισσότερο περπατούσα, τόσο λιγότερα έβρισκα. Η κορυφή δεν φαινόταν πια τόσο εκτενής όσο πριν. Ξαφνικά, μια λάμψη... βλέπω φως μπροστά μου. Πρέπει να πάω εκεί.

Καταλήγω σε μια μεγάλη ξέφωτη, όπου οι ακτίνες του ήλιου φωτίζουν καθαρά το τοπίο του βουνού. Το μονοπάτι τελειώνει και αναγεννιέται σε δύο ξεχωριστά μονοπάτια. Τι πρέπει να κάνω; Περπατώ με τις ώρες και νιώθω την δύναμή μου να με εγκαταλείπει. Κάθομαι λίγο να ξεκουραστώ. Δύο δρόμοι, δύο επιλογές.

Πόσες φορές στη ζωή βρισκόμαστε αντιμέτωποι με τέτοιες καταστάσεις; Ο επιχειρηματίας που πρέπει να διαλέξει ανάμεσα στην επιβίωση της εταιρείας ή στην απόλυση υπαλλήλων. Η φτωχή μάνα της ενδοχώρας που πρέπει να διαλέξει ποιο από τα παιδιά της θα ταΐσει. Ο άπιστος σύζυγος που πρέπει να διαλέξει ανάμεσα στη σύζυγό του και την ερωμένη. Τέτοιες αποφάσεις είναι οδυνηρές. Το πλεονέκτημά μου είναι πως η επιλογή μου αφορά μόνο εμένα.

Ακολουθώ τη συμβουλή της γυναίκας: να ακούω την καρδιά μου. Σηκώνομαι και επιλέγω το δεξί μονοπάτι. Πηγαίνω με μεγάλα βήματα και σύντομα φτάνω σε άλλο ένα ξέφωτο. Αυτή τη φορά βρίσκω μια λιμνούλα και γύρω της ζώα που δροσίζονται στα καθαρά νερά. Πώς να προχωρήσω;

Η καρδιά μου λέει πως όλοι έχουν δικαίωμα στο νερό. Δεν μπορώ να διώξω τα ζώα. Η φύση προσφέρει άφθονους πόρους για την επιβίωση όλων. Εγώ είμαι απλώς ένα νήμα στον ιστό της. Δεν είμαι κύριός της. Με τα χέρια μου γεμίζω λίγο νερό στο μικρό κατσαρολάκι που έφερα από το σπίτι. Η πρώτη αποστολή επιτελέστηκε. Τώρα πρέπει να βρω τροφή.

Συνεχίζω στο μονοπάτι, με την ελπίδα πως θα βρω κάτι για φαγητό. Το στομάχι μου γουργουρίζει· έχει περάσει το μεσημέρι. Κοιτώ στις άκρες του μονοπατιού — ίσως η τροφή βρίσκεται μέσα στο δάσος. Πόσο συχνά αναζητούμε τον εύκολο δρόμο, ενώ αυτός δεν μας οδηγεί στην επιτυχία;

Με αυτή τη σκέψη, αφήνω το μονοπάτι και δεν αργεί να εμφανιστεί μπροστά μου μια μπανανιά και μια κοκοφοίνικα. Από εκεί θα πάρω την τροφή μου. Πρέπει να τα σκαρφαλώσω με την ίδια δύναμη και πίστη με την οποία ανέβηκα το βουνό. Προσπαθώ μία, δύο, τρεις φορές. Και τα καταφέρνω.

Τώρα επιστρέφω στην καλύβα. Ο πρώτος άθλος ολοκληρώθηκε.

Η Δεύτερη Δοκιμασία

Φθάνοντας πίσω στην καλύβα, με υποδέχεται η φύλακας του βουνού, πιο λαμπερή από ποτέ. Τα μάτια της μένουν καρφωμένα στα δικά μου. Νιώθω ότι είμαι ξεχωριστός για τον Θεό. Η παρουσία Του με ανασταίνει κάθε στιγμή: όταν ήμουν άνεργος, μου άνοιξε πόρτες· όταν δεν υπήρχαν ευκαιρίες, μου έδειξε νέους δρόμους· όταν ήμουν σε κρίση, με λύτρωσε από τα δεσμά του κακού. Το βλέμμα της παράξενης γυναίκας μου θύμισε τον άνθρωπο που ήμουν μέχρι πρότινος. Τώρα, ο στόχος μου ήταν η νίκη, παρά τα εμπόδια.

— Λοιπόν, πέρασες την πρώτη δοκιμασία. Σε συγχαίρω, είπε εκείνη. Αυτή η πρώτη δοκιμασία είχε σκοπό να αναδείξει τη σοφία σου, την ικανότητά σου να παίρνεις αποφάσεις και να μοιράζεσαι. Τα δύο μονοπάτια αντιπροσωπεύουν τις «αντικρουόμενες δυνάμεις» που κυβερνούν το σύμπαν: το καλό και το κακό. Ο άνθρωπος είναι ελεύθερος να διαλέξει. Εσύ επέλεξες το δεξί μονοπάτι — τον δρόμο του φωτός.

Όμως αυτός ο δρόμος δεν είναι εύκολος. Συχνά, οι αμφιβολίες θα σε κατακλύζουν και θα αμφισβητείς την επιλογή σου. Ο κόσμος θα σε πληγώνει, θα εκμεταλλεύεται την καλή σου θέληση. Όμως, να θυμάσαι: ο Θεός σου είναι ισχυρός και δεν θα σε εγκαταλείψει ποτέ. Μην αφήσεις τα πλούτη ή τον πειρασμό να διαφθείρουν την καρδιά σου. Είσαι παιδί του Θεού, γι' αυτό μη χάσεις τη χάρη Του.

Το αριστερό μονοπάτι ανήκει σ' όσους απομακρύνθηκαν από την κλήση του Κυρίου, κυνηγώντας τον υλισμό, την αλαζονεία, την διαφθορά. Αυτοί είναι οι «ξεραμένοι καρποί», που θα ξεριζωθούν και θα ριχτούν στο σκότος. Μα εσύ, όταν βρήκες το νερό και τα ζώα, άφησες την καρδιά σου να μιλήσει. Το χάρισμα της προσφοράς φώτισε την ψυχή σου. Και η σοφία σου σε οδήγησε στην τροφή.

Δεν είναι πάντα ο εύκολος δρόμος ο σωστός. Νομίζω πως τώρα είσαι έτοιμος για τη δεύτερη δοκιμασία. Σε τρεις ημέρες, θα βγεις από την καλύβα και θα αναζητήσεις ένα «γεγονός». Πράξε σύμφωνα με τη συνείδησή σου. Αν τα καταφέρεις, θα προχωρήσεις στην τρίτη και τελευταία δοκιμασία.

— Σε ευχαριστώ που με συνόδευσες ως εδώ. Δεν ξέρω τι με περιμένει στο σπήλαιο, ούτε τι θα γίνει με εμένα. Η συμβολή σου είναι ανεκτίμητη. Από τη στιγμή που ανέβηκα στο βουνό, νιώθω πως η ζωή μου έχει αλλάξει. Είμαι πιο ήρεμος και πιο σίγουρος για αυτό που θέλω. Θα ολοκληρώσω τη δεύτερη δοκιμασία.

— Πολύ καλά. Θα σε ξαναδώ σε τρεις μέρες.

Λέγοντας αυτά, η γυναίκα χάθηκε ξανά μέσα στο σούρουπο, αφήνοντάς με μόνο με τους γρύλους, τα κουνούπια και τα υπόλοιπα έντομα της νύχτας.

Το Φάντασμα του Βουνού

Η νύχτα σκεπάζει το βουνό. Ανάβω τη φωτιά μου, και το τριζοβόλημά της γαληνεύει την καρδιά μου. Πέρασαν δύο μέρες από τη στιγμή που ανέβηκα στο βουνό, και όμως, αυτός ο τόπος συνεχίζει να μου φαίνεται ξένος. Οι σκέψεις μου ταξιδεύουν στα παιδικά μου χρόνια — στις σκανταλιές, στους φόβους, στις τραγωδίες. Θυμάμαι την ημέρα που ντύθηκα Ινδιάνος, με τόξο, βέλος και τομαχόκ. Και τώρα, βρίσκομαι σε ένα ιερό βουνό, αγιασμένο από τον θάνατο ενός μυστηριώδους ιθαγενούς σαμάνου.

Πρέπει να σκεφτώ κάτι άλλο, γιατί ο φόβος παγώνει την ψυχή μου. Θόρυβοι τρομακτικοί με περικυκλώνουν και δεν έχω ιδέα τι ή ποιος είναι. Πώς μπορεί κανείς να ξεπεράσει τον φόβο σε μια τέτοια στιγμή; Πες μου, αναγνώστη, γιατί εγώ δεν ξέρω. Το βουνό εξακολουθεί να είναι ένα μυστήριο.

Ο θόρυβος πλησιάζει και δεν έχω πού να κρυφτώ. Το να φύγω από την καλύβα θα ήταν τρέλα· θα με καταβρόχθιζαν θηρία. Πρέπει να αντιμετωπίσω ό,τι είναι. Ο θόρυβος παύει και εμφανίζεται ένα φως. Αυτό με τρομάζει ακόμη περισσότερο. Με μια ριπή θάρρους φωνάζω:

— Στο όνομα του Θεού, ποιος είναι εκεί;

Μια μύχια, ριγηλή φωνή απαντά:

— Είμαι ο γενναίος πολεμιστής που το σπήλαιο της απελπισίας αφάνισε. Παράτα τα όνειρά σου, αλλιώς θα έχεις την ίδια μοίρα. Ήμουν ένας μικρός ινδιάνος από το έθνος των Ξουκουρού. Ήθελα να γίνω ο αρχηγός της φυλής μου και δυνατότερος κι από το λιοντάρι. Γι' αυτό ανέβηκα στο ιερό βουνό, για να πραγματοποιήσω τους στόχους μου. Πέρασα τις τρεις δοκιμασίες, όμως, όταν μπήκα στο σπήλαιο, οι φλόγες του με διέλυσαν. Τώρα το πνεύμα μου βασανίζεται αιώνια σε αυτό το μέρος. Άκουσέ με, αλλιώς η μοίρα σου θα είναι ίδια.

Η φωνή μου πάγωσε στον λαιμό μου. Εκείνος είχε εγκαταλείψει στέγη, τροφή, οικογένεια, όπως κι εγώ.

Αλλά εγώ είχα ακόμη ελπίδα. Δεν ήθελα να παρατήσω το όνειρό μου.

— Άκουσέ με, γενναίε πολεμιστή. Το σπήλαιο δεν εκπληρώνει επιπόλαια θαύματα. Αν βρίσκομαι εδώ, είναι για λόγο ευγενή. Δεν αναζητώ υλικά αγαθά. Το όνειρό μου υπερβαίνει τα εγκόσμια. Θέλω να εξελιχθώ πνευματικά και επαγγελματικά. Να δουλεύω σε κάτι που αγαπώ, να ζω με αξιοπρέπεια και να προσφέρω τα χαρίσματά μου για έναν καλύτερο κόσμο. Δεν θα εγκαταλείψω τόσο εύκολα.

— Ξέρεις το σπήλαιο και τις παγίδες του; Δεν είσαι παρά ένας φτωχός νέος που δεν καταλαβαίνει τον κίνδυνο του δρόμου που διάλεξε. Η φύλακας είναι απατεώνισσα. Θέλει να σε καταστρέψει.

Η επιμονή του φαντάσματος με εξόργισε. Γνώριζε εμένα, τάχα; Ο Θεός και η Παναγία είναι πάντα στο πλευρό μου. Η απόδειξη ήταν οι εμφανίσεις της Παναγίας στη ζωή μου...

Η Καθοριστική Ημέρα

Οι τρεις ημέρες από τη δεύτερη δοκιμασία πέρασαν. Ήταν ένα πρωινό Παρασκευής, καθαρό, φωτεινό, γεμάτο φως. Απολάμβανα τον ορίζοντα όταν η παράξενη γυναίκα πλησίασε.

— Είσαι έτοιμος; Ψάξε για ένα ασυνήθιστο γεγονός μέσα στο δάσος και πράξε σύμφωνα με τις αρχές σου. Αυτή είναι η δεύτερη σου δοκιμασία.

— Είμαι έτοιμος. Τρεις μέρες περίμενα αυτή τη στιγμή. Νομίζω πως ήρθε η ώρα μου.

Με βιασύνη, κατευθύνθηκα προς το κοντινότερο μονοπάτι που οδηγεί στο δάσος. Τα βήματά μου είχαν ρυθμό σχεδόν μουσικό. Τι πραγματικά ήταν αυτή η δεύτερη δοκιμασία; Το άγνωστο με κυρίευε και επιτάχυνε τα βήματά μου. Μπροστά μου ανοίχθηκε ένα ξέφωτο όπου συνήθως υπήρχε μια διχάλα. Μα όταν έφτασα, η διακλάδωση είχε εξαφανιστεί και στη θέση της εμφανίστηκε η εξής σκηνή: Ένα παιδί, που το έσερνε με τη βία ένας ενήλικας, έκλαιγε δυνατά. Η αδικία με συγκλόνισε και φώναξα:

— Άφησε το παιδί! Είναι μικρότερο από σένα και δεν μπορεί να αμυνθεί!

— Δεν θα το αφήσω! Το τραβάω γιατί δεν θέλει να δουλέψει!

— Είσαι τέρας! Τα παιδιά δεν πρέπει να δουλεύουν. Πρέπει να σπουδάζουν και να μορφώνονται. Άφησέ το!

— Και ποιος θα με σταματήσει, εσύ;

Είμαι ενάντια στη βία, αλλά η καρδιά μου μου ζήτησε να αντιδράσω. Το παιδί έπρεπε να σωθεί. Τον απώθησα απαλά και άρχισα να τον χτυπώ. Ο βρωμερός αντέδρασε και με χτύπησε δυνατά. Ο κόσμος γύρω μου άρχισε να στριφογυρίζει και ένας δυνατός άνεμος εισέβαλε μέσα μου, παρασύροντάς με: λευκά και γαλάζια σύννεφα, γρήγορα πουλιά και εικόνες αλλεπάλληλες με τριγύριζαν.

Σαν να διέσχιζα πόρτες, η μία πίσω από την άλλη. Η κάθε πόρτα με οδηγούσε άλλοτε σε σαλόνια, άλλοτε σε ιερά.

Στο πρώτο σαλόνι είδα νέους ντυμένους στα λευκά γύρω από ένα τραπέζι με ανοιχτή Βίβλο στο κέντρο. Ήταν οι παρθένες που θα βασιλέψουν στον κόσμο του μέλλοντος. Μια δύναμη με έσπρωξε έξω. Περνώντας τη δεύτερη πόρτα, βρέθηκα σε ιερό. Στο άκρο του βωμού, έκαιγαν λιβάνια με αιτήματα των φτωχών της Βραζιλίας. Στα δεξιά, ένας ιερέας προσευχόταν δυνατά και επαναλάμβανε: «Προφήτης! Προφήτης!». Δίπλα του δύο γυναίκες με μπλουζάκια που έγραφαν: «Εφικτό Όνειρο».

Το σκοτάδι επέστρεψε και μια νέα πόρτα άνοιξε: ήταν η τρίτη, ένα σαλόνι με εκπροσώπους από θρησκείες όλου του κόσμου: πάστορας, ιερέας, βουδιστής, μουσουλμάνος, πνευματιστής, Εβραίος, Αφρικανιστής. Ήταν σε κύκλο και στη μέση υπήρχε φωτιά που σχημάτιζε τις λέξεις «Ένωση των λαών και των μονοπατιών προς τον Θεό». Με αγκάλιασαν, και η φωτιά προσγειώθηκε στο χέρι μου, γράφοντας τη λέξη «μαθητεία». Δεν με έκαψε — ήταν φως.

Άνοιξα την τέταρτη πόρτα και βρέθηκα σε ένα ιερό. Πλησίασα το άγαλμα, γονάτισα, πήρα ένα χαρτί, έγραψα την επιθυμία μου, το δίπλωσα και το άφησα στα πόδια του Εικόνα. Μια φωνή με καλούσε, όλο και πιο καθαρή, μέχρι που άνοιξα τα μάτια μου.

Η φύλακας του βουνού στεκόταν δίπλα μου.

— Ξύπνησες. Συγχαρητήρια! Πέρασες τη δεύτερη δοκιμασία. Αυτή είχε σκοπό να αποκαλύψει τη δύναμή σου να δρας και να θυσιάζεσαι. Οι δύο δρόμοι ενώθηκαν — σημαίνει ότι πρέπει να πορευτείς στο σωστό μονοπάτι, χωρίς να ξεχνάς όσα διδάχτηκες από το λάθος. Η στάση σου έσωσε το παιδί, παρόλο που ήταν απλώς προβολή της φαντασίας μου. Οι περισσότεροι, όταν βλέπουν αδικία, σιωπούν. Μα εσύ έδωσες τον εαυτό σου — όπως ο Χριστός για εμάς.

— Σε ευχαριστώ. Πάντα θα υπερασπίζομαι τους αποκλεισμένους. Όμως, αυτή η πνευματική εμπειρία... τι σημαίνει;

— Όλοι έχουμε την ικανότητα να εισερχόμαστε σε άλλους κόσμους μέσω της σκέψης. Αυτό λέγεται αστρικό ταξίδι. Όσα είδες ίσως αφορούν το μέλλον σου ή ενός άλλου. Ποτέ δεν ξέρεις.

— Κατάλαβα. Ανέβηκα στο βουνό, πέρασα δύο δοκιμασίες και νιώθω να ωριμάζω. Νομίζω πως σύντομα θα είμαι έτοιμος για τη σπηλιά της απελπισίας.

— Πρέπει να εκτελέσεις και την τρίτη. Θα σου πω ποια είναι αύριο. Περίμενε.

— Μάλιστα, κυρία. Θα περιμένω. Αυτό το παιδί του Θεού, όπως με αποκάλεσες, πεινάει και θα φτιάξει μια σούπα. Είσαι καλεσμένη.

— Υπέροχα! Λατρεύω τη σούπα. Θα είναι ευκαιρία να σε γνωρίσω καλύτερα.

Η γυναίκα απομακρύνθηκε και με άφησε μόνο με τις σκέψεις μου. Πήγα στο δάσος να μαζέψω τα υλικά.

Το Κορίτσι

Το σκοτάδι σκέπασε ήδη το βουνό όταν η σούπα ήταν έτοιμη. Ο κρύος άνεμος της νύχτας και οι ήχοι των εντόμων έκαναν την ατμόσφαιρα ακόμα πιο αγροτική. Η παράξενη γυναίκα δεν είχε ακόμη εμφανιστεί. Δοκίμασα τη σούπα: ήταν καλή, αν και δεν είχα όλα τα απαραίτητα μπαχαρικά.

Βγήκα από την καλύβα για λίγο και ατένισα τον ουρανό: τα αστέρια ήταν μάρτυρες των κόπων μου. Ανέβηκα στο βουνό, γνώρισα τη φύλακα, πέρασα δύο δύσκολες δοκιμασίες, συνάντησα ένα φάντασμα — και παρέμενα όρθιος.

«Οι φτωχοί παλεύουν περισσότερο για τα όνειρά τους», σκέφτηκα. Κοίταξα τα άστρα και το φως τους. Το καθένα σημαντικό στο σύμπαν. Το ίδιο και οι άνθρωποι — λευκοί, μαύροι, πλούσιοι, φτωχοί, κάθε θρησκείας. Όλοι παιδιά του ίδιου Πατέρα. Κι εγώ θέλω τη θέση μου σ' αυτό το σύμπαν. Είμαι σκεπτόμενο ον, χωρίς όρια. Το όνειρο δεν έχει τιμή — μα είμαι διατεθειμένος να πληρώσω.

Επιστρέφοντας, βρήκα τη φύλακα ήδη εκεί.

— Ήσουν εδώ και ώρα; Δεν σε είχα προσέξει.

— Ήσουν τόσο απορροφημένος στην παρατήρηση του ουρανού, που δεν ήθελα να σε διακόψω. Νιώθω σαν στο σπίτι μου.

— Τέλεια. Κάθισε στο πρόχειρο σκαμνάκι μου. Θα σερβίρω.

Της έδωσα σούπα σε μια κολοκύθα που βρήκα στο δάσος. Ο άνεμος ψιθύριζε λέξεις στ' αυτιά μου. Ποια ήταν στ' αλήθεια αυτή η γυναίκα; Μήπως είχε σκοτεινές προθέσεις, όπως υπαινίχθηκε το φάντασμα;

— Είναι καλή η σούπα; Την έφτιαξα με αγάπη.

— Υπέροχη! Τι έβαλες;

— Είναι φτιαγμένη από πέτρες! Χαχα. Αστειεύομαι. Αγόρασα ένα πουλί από κυνηγό και χρησιμοποίησα φυσικά καρυκεύματα από το δάσος. Μα πες μου, ποια είσαι στ' αλήθεια;

— Είναι ένδειξη φιλοξενίας ο οικοδεσπότης να μιλά πρώτος για τον εαυτό του. Είσαι εδώ τέσσερις μέρες και δεν ξέρω καν το όνομά σου.

— Ονομάζομαι Αλντιβάν Τεϊσέιρα Τόρρες. Διδάσκω μαθηματικά στο πανεπιστήμιο. Μεγάλη μου αγάπη η λογοτεχνία. Από μικρός ήθελα να γράψω. Όταν ήμουν στην πρώτη λυκείου, μάζεψα αποσπάσματα από τον Εκκλησιαστή και τις Παροιμίες. Ήμουν περήφανος, αν και δεν ήταν δικά μου. Μετά το σχολείο, έκανα μαθήματα υπολογιστών και απομακρύνθηκα από τις σπουδές για λίγο. Έκανα ένα τεχνικό πτυχίο, αλλά μια εσωτερική δύναμη με εμπόδισε. Είχα ένα νευρικό κλονισμό και άρχισα να γράφω. Το αποτέλεσμα ήταν το βιβλίο *Όραμα ενός Μέντιουμ*, που δεν έχω ακόμη εκδώσει. Όλα αυτά μου έδειξαν πως μπορώ να έχω ένα αξιοπρεπές επάγγελμα μέσα από τη γραφή.

— Αλντιβάν, έχεις ταλέντο — και αυτό είναι σπάνιο. Όσοι πιστεύουν στα όνειρά τους, νικούν.

— Και εγώ πιστεύω. Γι' αυτό βρίσκομαι εδώ, μακριά από τα αγαθά του πολιτισμού. Κατάφερα να ανέβω στο βουνό και να περάσω τις δοκιμασίες. Μένει μόνο το σπήλαιο.

— Είμαι εδώ για να σε βοηθήσω. Είμαι η φύλακας από τότε που το βουνό έγινε ιερό. Η αποστολή μου είναι να βοηθώ όσους ονειρεύονται. Όσοι ζητούν πλούτη και δόξα, αποτυγχάνουν. Το σπήλαιο είναι δίκαιο.

Ο Σεισμός

Μια νέα μέρα ξεκινά. Το φως διαχέεται, η πρωινή αύρα χαϊδεύει τα μαλλιά μου, τα πουλιά και τα έντομα στήνουν γιορτή και η βλάστηση μοιάζει να αναγεννάται. Έτσι είναι κάθε μέρα. Τρίβω τα μάτια μου, πλένω το πρόσωπό μου, βουρτσίζω τα δόντια μου και κάνω μπάνιο. Αυτή είναι η ρουτίνα μου πριν το πρωινό.

Το δάσος δεν προσφέρει πολυτέλειες ούτε επιλογές. Δεν είμαι μαθημένος σ' αυτά. Η μητέρα μου με είχε καλομάθει τόσο, που μου έφερνε μέχρι και τον καφέ μου. Τώρα, τρώω το πρωινό μου με σιωπή, αλλά κάτι βαραίνει το μυαλό μου: Ποια θα είναι η τρίτη και τελευταία δοκιμασία; Τι θα μου συμβεί στη σπηλιά; Τόσες ερωτήσεις χωρίς απαντήσεις — με ζαλίζουν.

Η μέρα προχωρά και μαζί της αυξάνονται οι παλμοί μου, οι φόβοι, τα ρίγη. Ποιος είμαι τώρα; Σίγουρα όχι ο ίδιος. Ανέβηκα στο ιερό βουνό ψάχνοντας ένα πεπρωμένο που ούτε εγώ γνώριζα. Γνώρισα τη φύλακα, ανακάλυψα νέες αξίες και έναν κόσμο μεγαλύτερο απ' ό,τι φανταζόμουν. Πέρασα δύο δοκιμασίες — τώρα απομένει μόνο η τρίτη. Τρομακτική, άγνωστη.

Τα φύλλα γύρω από την καλύβα κινούνται ελαφρώς. Έμαθα πια να καταλαβαίνω τα σημάδια της φύσης. Κάποιος πλησιάζει.

— Γεια σου! Είσαι εκεί;

Τινάζομαι, στρέφω το βλέμμα μου και βλέπω τη μυστηριώδη μορφή της φύλακα. Φαίνεται πιο χαρούμενη, με πρόσωπο ροδαλό, παρά την ηλικία της.

— Εδώ είμαι, όπως βλέπεις. Τι νέα μου φέρνεις;

— Όπως ξέρεις, σήμερα ήρθα να σου ανακοινώσω την τρίτη και τελευταία δοκιμασία. Θα πραγματοποιηθεί την έβδομη μέρα σου στο βουνό — γιατί αυτός είναι ο μέγιστος χρόνος που μπορεί να μείνει ένας θνητός εδώ. Είναι απλή και έχει ως εξής: Σκότωσε τον πρώτο άνθρωπο ή ζώο που θα συναντήσεις μόλις βγεις από την καλύβα την ίδια μέρα. Αλλιώς, δεν θα έχεις δικαίωμα να μπεις στη σπηλιά που εκπληρώνει τις βαθύτερές σου επιθυμίες. Τι λες; Δεν είναι εύκολο;

— Πώς τολμάς; Να σκοτώσω; Φαίνομαι για δολοφόνος;

— Είναι ο μόνος τρόπος να εισέλθεις στη σπηλιά. Ετοιμάσου, γιατί σου απομένουν μόνο δύο μέρες και...

Ένας σεισμός 3,7 ρίχτερ ταρακουνά ολόκληρη την κορυφή του βουνού. Το έδαφος σείεται και νιώθω πως θα λιποθυμήσω. Σκέψεις με κατακλύζουν, νιώθω τη δύναμή μου να με εγκαταλείπει. Σαν χειροπέδες να με δένουν βίαια — στα χέρια και στα πόδια. Ξαφνικά, βλέπω τον εαυτό μου σαν σκλάβο, να εργάζομαι στα χωράφια υπό την εξουσία σκληρών αφεντάδων. Βλέπω αλυσίδες, αίμα, κραυγές των συντρόφων μου.

Βλέπω τον πλούτο, την υπερηφάνεια, την προδοσία των γαιοκτημόνων. Ακούω το κάλεσμα για ελευθερία και δικαιοσύνη. Ω, πόσο άδικος είναι ο κόσμος! Ενώ κάποιοι νικούν, άλλοι σαπίζουν ξεχασμένοι. Οι αλυσίδες σπάνε. Είμαι μερικώς ελεύθερος. Αλλά ακόμη με μισούν, με υποτιμούν. Ακόμη ακούω τους λευκούς να με λένε «αράπη». Νιώθω κατώτερος. Ξανά, ακούω τις κραυγές, και αυτή τη φορά η φωνή είναι καθαρή, γνωστή.

Ο σεισμός σταματά. Σιγά-σιγά ανακτώ τις αισθήσεις μου. Κάποιος με σηκώνει. Ακόμη ζαλισμένος, ψελλίζω:

— Τι συνέβη;

Η φύλακας, με δάκρυα στα μάτια, δεν βρίσκει λόγια.

— Παιδί μου, η σπηλιά μόλις αφάνισε άλλη μια ψυχή. Σε ικετεύω: κέρδισε την τρίτη δοκιμασία και λύτρωσε αυτή την κατάρα. Το σύμπαν συνωμοτεί υπέρ της νίκης σου.

— Δεν ξέρω πώς να νικήσω. Μόνο το φως του Δημιουργού μπορεί να φωτίσει τις σκέψεις και τις πράξεις μου. Όμως σου εγγυώμαι: δεν θα εγκαταλείψω τα όνειρά μου εύκολα.

— Πιστεύω σε σένα και στην ανατροφή που έλαβες. Καλή τύχη, παιδί του Θεού. Θα τα ξαναπούμε!

Εκείνη τη στιγμή, η παράξενη γυναίκα εξαφανίζεται σε σύννεφο καπνού. Τώρα είμαι μόνος. Πρέπει να προετοιμαστώ για τη μεγάλη και τελική δοκιμασία.

Μία Μέρα Πριν την Τρίτη Δοκιμασία

Πέρασαν έξι μέρες από τη στιγμή που ανέβηκα στο βουνό. Αυτός ο καιρός γεμάτος δοκιμασίες και εμπειρίες με έχει κάνει να ωριμάσω. Κατανοώ πλέον καλύτερα τη φύση, τον εαυτό μου και τους άλλους. Η φύση πορεύεται με το δικό της ρυθμό — αντίθετα από τις αξιώσεις των ανθρώπων. Εμείς αποψιλώνουμε τα δάση, μολύνουμε τα νερά, γεμίζουμε την ατμόσφαιρα με τοξικά αέρια. Και τι αποκομίζουμε;

Τι αξίζει τελικά περισσότερο: τα χρήματα ή η ίδια η ζωή; Οι συνέπειες είναι μπροστά μας:

υπερθέρμανση, εξαφάνιση φυτών και ζώων, φυσικές καταστροφές. Δεν βλέπει ο άνθρωπος πως είναι υπαίτιος; Υπάρχει ακόμη χρόνος. Ώρα για δράση: εξοικονομήστε νερό και ενέργεια, ανακυκλώστε, προστατέψτε το περιβάλλον. Απαιτήστε από την κυβέρνηση δέσμευση για την οικολογία. Είναι το ελάχιστο που μπορούμε να κάνουμε για εμάς και τον κόσμο.

Επιστρέφοντας στην περιπέτειά μου: από τότε που ανέβηκα στο βουνό, κατανόησα τα όνειρά μου και τα όριά μου. Έμαθα πως τα όνειρα γίνονται πραγματικότητα μόνο αν είναι ευγενή και δίκαια. Η σπηλιά είναι δίκαιη και, αν κερδίσω την τρίτη δοκιμασία, θα εκπληρώσει το όνειρό μου.

Με την πρώτη και δεύτερη δοκιμασία, άρχισα να κατανοώ καλύτερα τις επιθυμίες των άλλων. Οι περισσότεροι θέλουν πλούτο, κύρος, εξουσία. Δεν βλέπουν τα αληθινά αγαθά: επαγγελματική ολοκλήρωση, αγάπη, ευτυχία. Αυτό που κάνει τον άνθρωπο σπουδαίο είναι η ποιότητα της ψυχής του. Η δύναμη, ο πλούτος και η κοινωνική επίδειξη δεν φέρνουν ευτυχία.

Αυτό αναζητώ στο ιερό βουνό: την ευτυχία και τον απόλυτο έλεγχο των «αντικρουόμενων δυνάμεων».

Βγαίνω λίγο από την καλύβα που έχτισα με τόσο κόπο. Αναζητώ σημάδια του πεπρωμένου.

Ο ήλιος καίει, ο άνεμος δυναμώνει, μα κανένα σημάδι δεν εμφανίζεται. Πώς θα κερδίσω την τρίτη δοκιμασία; Πώς θα αντέξω την αποτυχία, αν δεν πετύχω το όνειρό μου;

Διώχνω τις αρνητικές σκέψεις, αλλά ο φόβος είναι δυνατός. Ποιος ήμουν πριν ανέβω στο βουνό; Ένας ανασφαλής νέος, φοβισμένος απέναντι στον κόσμο. Κάποτε πάλεψα για τα δικαιώματά μου στο δικαστήριο, αλλά δεν δικαιώθηκα. Ίσως ήταν καλύτερα έτσι. Καμιά φορά κερδίζουμε χάνοντας. Αυτό μου δίδαξε η ζωή.

Πουλιά πετούν γύρω μου, σαν να καταλαβαίνουν την αγωνία μου. Αύριο θα είναι η έβδομη μέρα στην κορυφή. Το πεπρωμένο μου κρέμεται από αυτήν την τρίτη δοκιμασία.

Προσευχηθείτε, αγαπητοί αναγνώστες, να νικήσω.

Η Τρίτη Δοκιμασία

Η μεγάλη στιγμή φτάνει. Είναι η έβδομη μου μέρα στο ιερό βουνό. Ανοίγω τα μάτια μου και αντιλαμβάνομαι τη σημασία της ημέρας. Σήμερα θα κριθεί το μέλλον μου. Αν αποτύχω, όλα όσα πέρασα θα έχουν χαθεί. Αν νικήσω, θα έχω το δικαίωμα να μπω στο σπήλαιο και να κάνω το όνειρό μου πραγματικότητα.

Σηκώνομαι αργά, τα πόδια μου βαριά από την αγωνία. Βγαίνω από την καλύβα με καρδιά σφιγμένη και μάτια που ψάχνουν. Το πρώτο πράγμα που δω — αυτό πρέπει να σκοτώσω.

Κοιτάζω γύρω. Κανένα ζώο, κανένας άνθρωπος. Κάθομαι σε μια πέτρα κοντά στην είσοδο της καλύβας. Ο ήλιος λάμπει, οι ακτίνες του με τυφλώνουν. Αναλογίζομαι την αποστολή: να σκοτώσω... κάτι τόσο ξένο στη φύση μου.

Δεν πέρασαν πέντε λεπτά και μια μικρή σαύρα εμφανίζεται στο βράχο μπροστά μου. Κινείται αργά, αθώα, ήσυχη. Η καρδιά μου σφίγγεται.

«Αυτό είναι το πρώτο πλάσμα που είδα. Πρέπει να το σκοτώσω;» σκέφτομαι. Παίρνω μια πέτρα, τη σηκώνω, μα το χέρι μου τρέμει. Όχι. Δεν μπορώ. Δεν σκοτώνω ζώα, ακόμη κι αν είναι μικρά. Το να τερματίσω μια ζωή χωρίς λόγο — δεν το δέχομαι.

Αφήνω την πέτρα. Το πλάσμα απομακρύνεται και εγώ ανασαίνω με ανακούφιση. Όμως ο χρόνος κυλά. Η μέρα περνά. Δεν εμφανίστηκε τίποτε άλλο. Μήπως αυτή ήταν η δοκιμασία; Η αποτυχία;

Ηλιοβασίλεμα. Καθώς οι τελευταίες ακτίνες του ήλιου πέφτουν στο έδαφος, νιώθω παρουσία πίσω μου. Γυρίζω. Είναι η φύλακας, με βλέμμα αυστηρό αλλά ήρεμο.

— Πέρασε η μέρα. Δεν σκότωσες. Ξέρεις τι σημαίνει αυτό;

— Το ξέρω. Απέτυχα. Αλλά δεν μετανιώνω. Δεν μπορώ να σκοτώσω απλώς και μόνο για να φτάσω στο σπήλαιο. Δεν θα ήμουν ο ίδιος. Θα είχα χάσει την ουσία του ποιος είμαι. Αν είναι να μην πραγματοποιηθεί το όνειρό μου, ας γίνει έτσι. Μα εγώ θα φύγω από εδώ με την ψυχή μου καθαρή.

Η γυναίκα δεν μίλησε αμέσως. Με κοίταξε βαθιά. Έπειτα χαμογέλασε.

— Συγχαρητήρια, παιδί μου. Πέρασες την τρίτη δοκιμασία.

— Τι; Πώς; Απέτυχα!

— Όχι. Η τρίτη δοκιμασία δεν ήταν να σκοτώσεις, αλλά να δεις αν θα ήσουν ικανός να πας ενάντια στις αρχές σου για να κερδίσεις κάτι. Και εσύ δεν λύγισες. Αντιστάθηκες. Δεν υπέκυψες. Αυτή είναι η νίκη σου.

— Δεν μπορώ να το πιστέψω... Όλη αυτή η πίεση... Όλα όσα πέρασα...

— Ήταν απαραίτητα. Η τρίτη δοκιμασία είναι η πιο δύσκολη: η σύγκρουση του ανθρώπου με τον ίδιο του τον εαυτό. Πολλοί αποτυγχάνουν. Εσύ όχι. Είσαι έτοιμος. Αύριο, πριν ανατείλει ο ήλιος, θα οδηγηθείς στο σπήλαιο.

— Ευχαριστώ. Ευχαριστώ, Θεέ μου! Δεν θα σε απογοητεύσω.

Η γυναίκα άγγιξε τον ώμο μου απαλά και απομακρύνθηκε. Κοίταξα τα αστέρια που ανέβαιναν στον ουρανό. Η αυριανή μέρα θα άλλαζε τη ζωή μου για πάντα.

Το Σπήλαιο της Απελπισίας

Η αυγή δεν είχε ακόμα ανατείλει. Ο άνεμος έπνεε αργά, σχεδόν ιερά. Το φεγγάρι έλουζε με το φως του το βουνό και τα άστρα φάνταζαν σαν να περίμεναν κάτι σπουδαίο. Ήταν η στιγμή.

Βγήκα από την καλύβα μου και κοίταξα τον ουρανό. Προσευχήθηκα. Ήθελα φώτιση, δύναμη, και κυρίως: ειρήνη στην ψυχή μου. Πήρα τον δρόμο που οδηγούσε στο σπήλαιο. Ο αέρας βάραινε όσο πλησίαζα, σαν να σιωπούσαν τα πάντα για να με ακούσουν. Τα φυτά σταματούσαν να σαλεύουν, οι γρύλοι σιώπησαν, κι ούτε πουλί δεν κελάηδησε.

Και τότε, εκείνη εμφανίστηκε. Η φύλακας. Ντυμένη στα λευκά, με πρόσωπο λαμπερό και βλέμμα που διαπερνούσε τον χρόνο και τον χώρο.

— Έφτασε η στιγμή, παιδί μου. Το σπήλαιο σε περιμένει. Από αυτή τη στιγμή και μετά, δεν μπορώ να σε συνοδεύσω. Θα πας μόνος σου. Η αλήθεια που θα ανακαλύψεις εκεί μέσα είναι μόνο για σένα. Αν αξίζεις, θα σου αποκαλυφθεί. Αν όχι, θα χαθείς όπως τόσοι άλλοι.

— Είμαι έτοιμος. Προσευχήθηκα. Σκέφτηκα. Και τώρα ξέρω τι θέλω.

— Τι είναι αυτό;

— Δεν θέλω πλούτη. Ούτε δόξα. Θέλω να μπορώ να γράφω με αγάπη, να αγγίζω τις ψυχές των ανθρώπων. Θέλω να βρω ένα επάγγελμα που με ολοκληρώνει, να ζω με αξιοπρέπεια, να υπηρετώ τους συνανθρώπους μου και τον Θεό μου. Αυτό είναι το όνειρό μου. Τίποτα λιγότερο, τίποτα περισσότερο.

Η γυναίκα χαμογέλασε, με φίλησε στο μέτωπο και χάθηκε μέσα στο φως. Μόνος πλέον, στάθηκα μπροστά στην είσοδο του σπηλαίου. Ένα άνοιγμα στενό, σαν στόμα που ετοιμάζεται να καταπιεί την ψυχή μου. Πέρασα το κατώφλι.

Το εσωτερικό σκοτεινό, αλλά σταδιακά, καθώς προχωρούσα, το σκοτάδι υποχωρούσε. Οι τοίχοι λαμπύριζαν σαν από κρυστάλλους. Το δάπεδο φωτιζόταν απαλά. Και τότε, είδα:

Στους τοίχους, σκηνές από τη ζωή μου: η γέννησή μου, τα πρώτα μου βήματα, η μητέρα μου να με κρατά, η εφηβεία μου, τα λάθη μου, οι φόβοι μου. Και ύστερα, οι νίκες μου. Οι μικρές, οι σιωπηλές. Οι σημαντικές.

Μια φωνή γέμισε το σπήλαιο, καθαρή, γλυκιά, μα και επιβλητική:

— Ποιος είσαι;

— Είμαι αυτός που πίστεψε στο όνειρο. Αυτός που δεν λύγισε μπροστά στη βία, που δεν πούλησε την ψυχή του για μια ευκαιρία. Αυτός που ήρθε εδώ όχι για δόξα, αλλά για δικαιοσύνη. Θέλω μόνο να γράφω και να ζω από αυτό. Να είμαι ελεύθερος.

— Το θέλεις πραγματικά;

— Με όλη μου την ψυχή.

— Τότε, άκου: το όνειρό σου θα πραγματοποιηθεί. Όχι αύριο. Όχι άμεσα. Αλλά θα έρθει η μέρα που θα δεις τα βιβλία σου να τυπώνονται, τις λέξεις σου να ταξιδεύουν, τις σκέψεις σου να αλλάζουν ζωές. Μα να θυμάσαι: ποτέ μην εγκαταλείψεις την ταπεινότητα, την πίστη και την καλοσύνη σου. Μη χάσεις τη φλόγα σου.

Η φωνή σώπασε. Ένα φως εκτυφλωτικό πλημμύρισε τον χώρο. Έκλεισα τα μάτια. Όταν τα άνοιξα, ήμουν έξω από το σπήλαιο. Ο ήλιος μόλις ανέτελλε. Ήταν ένα νέο πρωινό.

Κατέβηκα το βουνό ήρεμος, με το κεφάλι ψηλά και την ψυχή καθαρή. Το όνειρο τώρα είχε ρίζες. Και η ελπίδα, φτερά.

Το Θαύμα

Μια στιγμή μετά την προσευχή μου, το ιερό αρχίζει να τρέμει, γεμίζει καπνό και ακούω αλλοιωμένες φωνές. Τα μυστικά αποκαλύπτονται, σαν να βγαίνουν από σκονισμένες σκιές. Μια μικρή φωτιά αναδύεται από το δισκοπότηρο και φιλοξενείται στο χέρι μου, η λάμψη της διαπερνά το σπήλαιο και το μεταμορφώνει. Οι τείχοι σβήνουν και μια κρυφή πόρτα αποκαλύπτεται. Όταν ανοίγει, ένας ισχυρός άνεμος με σπρώχνει προς αυτή. Όλες οι θυσίες και οι προσπάθειές μου επανέρχονται: η αφοσίωσή μου στη γνώση, η τήρηση των θείων νόμων, η ανάβαση στο βουνό, οι προκλήσεις, το πέρασμα σε αυτό το σπήλαιο. Όλα αυτά οδηγούν σε μια πνευματική ανάπτυξη που με ετοιμάζει να αγκαλιάσω την ευτυχία και να πραγματοποιήσω τα όνειρά μου. Το τρομακτικό σπήλαιο της απελπισίας με προκάλεσε να ζητήσω αυτό που χρειάζομαι. Σε αυτή την υπέροχη στιγμή, θυμάμαι όλους ceux που συνέβαλαν στη νίκη μου: τη δασκάλα μου, την κυρία Σοκόρο, τους φίλους μου, την οικογένειά μου και τον φύλακα που με στήριξε. Ο άνεμος με σπρώχνει συνέχεια προς την πόρτα και νιώθω ότι πλησιάζω στον μυστικό θάλαμο.

Η δύναμη που με έσπρωχνε σβήνει. Η πόρτα κλείνει πίσω μου. Βρίσκομαι σε έναν απέραντο θάλαμο, σκοτεινό και μυστηριώδη. Στη δεξιά πλευρά, βλέπω μια μάσκα, ένα κερί και μια Βίβλο. Αριστερά, μια κάπα, ένα εισιτήριο και ένας σταυρός. Στο κέντρο, ψηλά, μια ενδιαφέρουσα κυκλική συσκευή από σίδερο. Πηγαίνω στη δεξιά πλευρά: φοράω τη μάσκα, παίρνω το κερί και ανοίγω τη Βίβλο σε μια τυχαία σελίδα. Περνώ αριστερά: φοράω την κάπα, γράφω το όνομά μου στο εισιτήριο και κρατώ τον σταυρό. Κατευθύνομαι στο κέντρο, δηλώνοντας τα τέσσερα μαγικά γράμματα: Σ-ε-ε-ρ. Αμέσως, μια λάμψη φωτός με τυλίγει. Μυρίζω το θυμίαμα που καίγεται, θυμούμενος τους μεγάλους ονειροπόλους: τον Μάρτιν Λούθερ Κινγκ, τον Νέλσον Μαντέλα, τη Μητέρα Τερέζα, τον Φραγκίσκο της Ασίζης, τον Ιησού Χριστό. Το σώμα μου δονείται και αρχίζει να αιωρείται. Αισθήσεις ξυπνούν, κρυφές προθέσεις σχηματίζονται. Τα χαρίσματά μου δυναμώνουν, και μαζί τους, μπορώ να κάνω θαύματα μέσα στο χρόνο και τον χώρο. Ο κύκλος κλείνει και κάθε αρνητική σκέψη διογκώνεται. Είμαι σχεδόν έτοιμος: μια σειρά οραμάτων αρχίζει να ξετυλίγεται, και καταλήγει σε μπέρδεμα. Όταν ο κύκλος κλείνει, οι πόρτες ανοίγουν και με τα νέα χαρίσματα μπορώ να βλέπω, να νιώσω, να ακούσω. Οι κραυγές των χαρακτήρων φτάνουν, οι χρόνοι και οι τόποι διασπώνται, και ερωτήματα αναδύονται στην καρδιά μου. Η πρόκληση της διορατικότητας αρχίζει...

www.ingramcontent.com/pod-product-compliance
Lightning Source LLC
LaVergne TN
LVHW021054100526
838202LV00083B/5950